KB124319

섬 섬 섬, 그 섬들은

리토피아포에지 · 126
섬 섬 섬, 그 섬들은

인쇄 2021. 12. 23 발행 2021. 12. 30
지은이 김학명 펴낸이 정기옥
펴낸곳 리토피아
출판등록 2006. 6. 15. 제2006-12호
주소 21315 인천시 부평구 평천로255번길 13. 부평테크노파크M2 903호
전화 032-883-5356 전송032-891-5356
홈페이지 www.litopia21.com 전자우편 litopia999@naver.com

ISBN-978-89-6412-158-0 03810

값 9,000원

김학명 시집

섬 섬 섬, 그 섬들은

LITERATURE & UTOPIA

세월은 가도 섬은,
파도 속에
기억의 샛바람을 타고 다가온다.

해무 속을 떠도는 목선 한 척,
어둠을 뚫고 날아오른 숭어 한 마리,
저 멀리서 들려오는 지친 어부들의 노랫가락,
그 소리가 멈추면 찾아오는 스산한 적막,
이어지는
어부들만이 들을 수 있다는 바다의 숨소리,

나는 상상의 쪽배에 앉아 시어들을 낚는다.

한 권의 시집이 나오기까지
도움을 주신 분들에게 감사의 말씀을 올린다.

2021년 늦가을
김학명

차례

제1부

달팽이 달린다   15
문절이   16
코스모스는   18
섬 섬 섬, 그 섬들은   20
그렇게 그렇게   22
기다림   24
옛날엔   25
꽃향기에 취한 맘에   26
새   27
후회하는 마음   28
초롱꽃   30
빗방울   31
자귀나무   32
호박 고메 한 박스   34
이끼의 나라   36

제2부

마음에서 마음으로   39

등대   40

바닷속 푸른 사슴뿔의 노래   42

뒷말을 잘 듣고 가야제   44

애배미   46

고사목 앞에서   48

도화   49

심수도   50

히말라야 낙엽송   52

선진리성 벚꽃은   54

봄을 찾아서   56

산수유 마을로   58

꽃잎으로만   60

꽃잎, 4월의 어느 날   62

제3부

어디쯤 오고 있을까   65

부유물로 본 세상   66

용궁시장   68

백송   70

아라마루는 어디에   72

빙아리 국수   74

비토섬을 찾아서   76

삼천진성을 찾아서   78

시인 백석   80

그 섬에 가면   82

파도의 세월에   84

개망초   86

그 작은 빈집으로   88

희망 한 줄   90

제4부

강물   93

함성   94

내 이름을 찾아주세요   96

얼굴   98

막걸리 다섯 말에   100

오색깃발 휘날리며   102

이태원을 지나다   104

신수도의 가을밤은   106

거미의 하루   108

청학을 찾아서   109

우륵의 가야금 떡방아소리에는   110

늘도패총   112

한 그릇 밥은   114

경술국치   116

산기슭 빈집   118

해설/백인덕 근원과 미래를 향한 노래, 혹은 기도
　　—김학명의 시세계   121

제1부

달팽이 달린다

언제이런가 그게
등 뒤로 높게 솟아오른
얇디얇은
누런 패각들의 골짜기 아래
무게의 중심을 놓아두고
웅크리듯 누워본다는 것이
모두 가지고 싶은
가로세로 위아래 막힌
새하얀 페인트 발린
황금빛 대문 사이로
반짝이는 불빛 그려지는
그런 아담한 꿈의 쉼터
한 땀방울 진액 아래
두 촉수 치켜세우고
기다려보는 달팽이 한 마리
느릿하게도 달린다.
달리는 일만 남았다.
내 하나의 집을 찾아서

문절이

갱문날에 문절이 많았던 시절이 있었다.
니는 그거 아즉 몬매나
아즉 잘 안뒵미더
이리 줘 봐라 마
내 하는 거 단디 봐라 마
딱 함뿐이다
내가 주물럭거리던 낚시바늘을
낚아채어 가서는
그 투박한 손으로 쎄미줄 쭈욱 땡겨서
맵시도 있게 묶까 주었다
갱문날에 문절이 낚으러 갈랍미다
문절이 별로 맛도 없는 꿰긴데
뭐할라꼬 낚을라카노
동쪽골 아아들캉 같이.
쪼매만 하다 오이라
잘포리 밭에 갈끼다
니는 낚시 소질도 없닌기 무신
내가 본께로 니는 뱃놈 되기는 틀린기라

어린 마음에도 쪼매 서분했다
왜 저리 말씀하시는지
그때는 몰랐었다 아부지 마음을
나는, 신수도 아아들은 국민학교 마치면
대부분 배 화장으로 당연히 가는 줄 알았으니
자기는 여기 살수밖에 없어도
자식만큼은 육지에서 땅 밟고 살아가라는 걸
어떤 삶을 살더라도 아부지하고는
다른 삶을 살아보라 하신 맘을
지금 창밖에는 태풍으로 큰바람에
비바람은 거세어져 오고 천둥에 번개
우르릉 번쩍하고 울려난다
남해 바당에도 큰 미가 높겠지.

코스모스는

햇살 따스무리한
늦가실*에
남평 가는
자갈밭 길목에서
연보라빛 사랑으로 피어나
수줍은 듯 살폿 웃으며
손 흔들어주던
내 누부야* 같은 꽃이여

비포장도로 한길에
뭉게구름 닮은
흙먼지 일으키며 달리던
털털이 버스 유리창 너머로
가련히도 피어오르던
너의 얼굴엔
바람결로도 잊혀질 수 없는
그 시간을 돌아 돌아서
다시 활짝 피어난 웃음꽃

한 무데기*

추억 속 코스모스는
그리운 시절 사연을 안고
물 깊은 꿈결로 남아
붉은 꽃잎 하나로만 여울진다

* 늦가실 : 늦가을의 삼천포 사투리.
* 누부야 : 누나의 삼천포 사투리.
* 한 무데기 : 한 무더기의 사투리.

섬 섬 섬, 그 섬들은

오늘같이 주룩주룩
비 내리고 대숲 바람 부는 날

울 아부지 집 뒤란에 숨겨둔
도가지 소주 한 바가지로
얼큰해지시면
줄줄이 줄줄이로 읊어주시던
사량도 수우도 두미도 남해
욕지도 금오도 백도 광도
선죽도 초도 거문도
청산도 여서도 소안도 보길도
추자도 관매도 거차군도
가거도 만재도 상태도 하태도
암태도 흑산도 홍도 대둔도
그 먼 먼 섬들의 길에서
젊음의 외줄낚시 드리우며
폭풍우 이겨내고 살아온 날들
휠체어 앉아서도 저 멀리 미조바다

"갈 수 있다 아이가"
"백도에 지금쯤 뽈래기가 피었을 낀데"
울 아부지 하늘나라에서도
머나먼 섬 섬 섬, 그 섬들을
다 외우시고 계실까.

그렇게 그렇게

갯내음 짙푸르른
삼천포항
동서동 선착장엔
늘도 마도 신수도 딱섬 초양섬
도선 타고 건너온
오섬 아지매들
갯비릉 먹거리 이고 와선
질척한 시장 길바닥 자리 잡아
사이소 많이들 줍니다
사 가이소 사들 가이소
시방 섬에서 온 깁니다
사 가이소
그렇게 그렇게
목소리 썰물과 밀물이 되고
굽은 손가락만큼이나
등허리 굽이굽이
물결로 흘러가 버린 시간
아아들 잭기장값이며

월사금이며
뻘 질펀한 여기서 나온 긴데
아, 그 누가 알기나 할까
환희도 박수도 없었던
그 세월.

기다림

밤낮으로
지새워가며
그렇게
그렇게
맴맴맴,
매엠, 매엠
울어 울어도
생때같은 나뭇잎은
아직도 푸르른데
기다림의 길
찾아나서는 너는
어디서
텅 빈 울음만
삼키고 누웠으랴.

옛날엔

시작이다
하루
무더위도 비켜라
비가 오고
눈이 내려도
하려는 일
어떻게
어떻게
열심히 하는 것이다
솔로몬*도 칭찬한, 너는
옛날엔
참 부지런함의 대명사
이젠
그렇게만 하면
안된다고들 말하니
아, 개미의 세월이여

* 잠언 30장 25절.

꽃향기에 취한 맘에

야생화꽃 가득 핀
들판을 거닐어 가다
꽃향기에 취한 맘에
여기 이 꽃이 젤 좋아
저 꽃이 너무 이뻐

온 천지간
넓디넓은 세속의 땅에
안 이쁜 꽃이
어디에 있으며
못난 꽃이 어디 있으랴

세상살이 그러하다
모두
하나하나
한뜻으로 함뿍 피어난
한 송이 꽃인데
한 송이 목숨인데

새

아침 일찍 집 근처
숲에서
한 마리 새를 보았네
아무 경계도 없이
노란 눈빛으로 쳐다보는 너는
작은 날개 접고
울음 준비를 하는 거니
맘껏 울 수 있는 새야,
그 울음으로
할 수 없지만 웃음으로
웃어야 하는
내 가슴 아린 시간의 눈물도
같이 울어라
울어라, 새야
한 마리 작은 새야.

후회하는 마음

밍아 단디 하고 있제
언제나
마음에서 들려오는
아버지 그 한마디
내 어릴 적 어느날인가
얼른 타라 마
택대구리 타고 도착한 삼천포
부둣가 즐비한 여러 가게 지나
아동복 옷가게 앞
야한테 맞는 거 한 벌 입히 보소 마
돈은 상기 객주 성님이 줄끼니까네
젤 존 거로 입히 보이소 마
할머니가 기워주던 옷만 입던 난
까실한 새옷 촉감 어색해하는데
베구두는 어디 파능교
아, 운동화 말이지요
옆에, 옆에 집인데예
근데 배 이름은 뭔교,

명복호

아버지의 짧은 한마디

그날 운동화를 신은 기억은 없지만

늘 내가 입던 헌옷만 입던 아버지

멀쩡하다야 이것도 괘안타야

그제 아버지 제삿날

새 옷 한 벌 사드려야지, 사드려야지

그저 마음만 마음뿐

내도 아버지처럼

얼릉 타이소 마

했었어야 하는데.

초롱꽃

초롱 심지
돋우어 가며
기나긴
푸른 밤
지새워 놓고
기다리던 그 님 소식 한 줄
아침 맑은 햇살에
초롱초롱
맺히어온
애틋한
그리움으로
함초롬이 고개 숙여
송이송이
꽃으로만 피누나.

빗방울

하늘의 빗방울
아래로
아래로
아래로
혼탁한
오래 쌓인 먼지
씻어 내리려
신의 손길인가
이 빗방울
오탁한 내 마음 곳곳으로
속 속 속, 스며들어
청정한 잎잎으로
맑디맑은
한 시의
생각으로만 주옵소서.

자귀나무

자귀야
자귀야
신수도 한려해상 국립공원
조선시대 수군들의 둔전
논골 가는 길
큰 소나무 곁에 자귀나무 군락지*
해마다 잘려나가는 것은
천덕꾸러기로 취급받는
너 자귀야
꽃이 이리도 예쁜데
잘린 밑동 다시 잎사귀 피워내느라
혼신의 힘 다하지만
내년에 다시 잘려나갈 텐데
소나무도 귀하지만
자귀나무도 귀한 나무인데
귀신같은 모양새도
인간 세상 못 이겨내고
꺾여 누워 잠자는 너

일어나라 자귀야

열매 맺는 가을엔 더 넓게 넓게

날아 날아서

공작새 깃털보다 더 멋진

날개를 펼쳐라.

* 자귀나무 군락지 : 사천시청 산림과에서는 소나무가 우선순위. 해마다 간벌
  시 소나무 성장에 방해되는 다른 나무들은 거의 잘려나감.

호박 고메 한 박스

밍아, 인자 내는 몬하것다
니 내리와서 마
고메 좀만 심어봐라 마
허리도 아프고 다리도 영
인자 틀린기라
아무리 그래도 마
밭은 묵히면 안된다 야
알았심다
다음 주 토요일 갈껍니다
비 오고 난 뒤
흙은 신발 바닥에 딱 붙어
발을 끌고 가기도 힘든
둑을 치는 손바닥은 아프고
땀은 온몸 적시고
아, 이리 힘들은 걸
그동안 어머니가 보내주시면
아무 생각 없이 잘도 먹기만 했던
호박 고구마 한 박스

자식들에게 맛난 고메 한 개라도

더 먹여보려는

엄매 울엄매, 그 마음

이끼의 나라

더 넓은 광야 지나서
나무 한 그루 자라지 못하는
깊고 깊은 계곡 골짜기
녹청색 물결의 주름진 언덕 넘어
온 백성 모두 곱게곱게 심겨
잘도 잘도 자라나는
백설공주와 일곱 난장이
작은 요정들 무리 지어
금방이라도 인사할 것 같은, 숲속
이끼의 나라
고요하게 평화로운 아주
내 어릴 적 꿈의 나라
그 잃어버린 왕국
다시 찾으려 해도, 이젠
알 수도 갈 수도 없는
시나브로 희미해지는 나라
다시 넘겨본
낡은 동화책 갈피 사이사이
네잎클로버는 어디 숨었나.

| 제2부 |

마음에서 마음으로

택배가 왔다
보낸 곳은 제주도
제주에는 아는 사람이 없는데
아, 그러고 보니
정 시인 제주 간다 했는데, 벌써
자세히 보니
작은 글씨로 보낸 이 이름과 전화번호
정 시인이었다
박스 개봉해 노란 감귤
하나를 먹어보니
달콤함으로 전해오는
아늑한 풍미와 향기
보내준 이의 따스함이
마음에서 마음으로 이어져
온몸으로 스며드는
노란 고마움을
몇 개나 먹었다.

등대

장막,

짙게 드리워진

긴 어둠을 헤치고

깜빡거려오는

저 한 줄기 불빛은

침로를 잃어가던

내면 깊이로 끌어올린

소라 고둥소리보다

더 큰 광명의 외침

눈을 크게 떠라

나 여기에 있다

실타래 같은 해우남* 속

붉은 몸통 우렁찬 빛의 소리

우짜던지 단디해라,

인생의 결*에 부딪혀

깊은 물길에 넘어지지 말라고

번쩍번쩍 날이 서는

등대의 한마디 불빛

니 봐라 마,

어릴 적 내 아버지 음성 같은

긴 여운으로 들린다.

* 해우남 : 바닷가에 짙게 낀 안개를 말함.
* 걸 : 수중암초의 사투리.

바닷속 푸른 사슴뿔*의 노래

너는
깊음의 샘 가운데서 태어나
푸른 바다를 하늘 삼고
거친 모래밭 광야
달려오는 파도의 몸짓에
흔들리듯 바로 서가며
살아옴의 한세상, 검은 물길엔
작은 그림자도 없는 희디흰
무채색 물결로 솟아나는
녹색 마디마디로 맺힌 사연
어디에도 하소연하지 못 하는
뿌리박힌 절멸의 꿈
십삼 년* 가르침을 펼쳐도
그 누구도 알아주지 않는 일들
마음속 맺힌 붉은 핏빛 하소연을
언제나 비켜만 갈 수 없는 일
이제 세상의 소문으로만
들어오던 것이 바위에 새겨진

글의 빛나는 소리로 울릴 것이다

기다려라, 그때를

우리의 가슴에 우렁찬 함성

소리치며 다가올 푸른 사슴뿔

돋아나는 그 시간을

* 사슴뿔 : 청각青角.
* 십삼 년 : 우보 박남조 선생이 신수도에서 가르친 세월을 은유함.

뒷말을 잘 듣고 가야제

아두섬에 저리 해우남이 끼이는 게
날도 우중충하고 비가 올 것 같다야, 밍아
또 무얼 시킬 건가, 조금 작은 목소리로
할매 지 불렀십니까
니 잘포리 가서 소풀* 좀 비가 오이라
우찌 내 다리가 더 쑤씨고 아프다야 참말로
허리는 와 이리 아픈 기고 몬살 것다
날씨는 흐리고 비는 올 것 같고
급한 마음에 내달린다
할머니 고샅 끝에서 뭐라 하시는데
이미 자욱으로 뛰어 올라간다
할매는 염시개풀이랑 잘포리풀이
무슨 차이가 있다고 암 데나 비면 데는데
어제도 소풀 세 둥구리나 비가 왔는데
염시개 쪽으로 가서 대충 한 둥구리 채워
허겁지겁 집으로 달려오면
할머니 하시는 말씀
니 뒷말을 잘 듣고 가야제

내 소 묵는 소풀 비가 오라켓나

사람 묵는 소풀 비가오라 켓제

내캉 다시 가자 아즉 비는 안 온다 아이가

무릎이 불편하신 할머니

아입미다 할매 지가 퍼뜩 갔다 올기랴예

부침개 먹을 마음에 잘포리로 간다

낫 대신 둥구리에 떼끼칼*을 넣고

* 소풀 : 경상도 전구지라 부르기도 하고 신수도에서는 소풀이라 부르기도 했음.
* 떼끼칼 : 그물 손질이나 쑥 등을 캘 때 사용하는 작은 칼의 사투리.

애배미[*]

새벽 이슬 길 가르며
에배미로 가면
왕가산 아래, 바닷가 절벽
졸졸 흐르는 샘물은
귀하디귀한 젖줄기
안개 자욱한 모시밭꿈 모퉁이
무서움도 없었나, 엄니는
양철 물동이 이고
휘이이 푸른 갯바람 따라서
숨이 턱에 닿을 것 같은
한 발짝 한 발짝
산 몬당 집으로 집으로
아나 이거 한 모금 해라
써-언 하다야
어머니가 건네주는
새미물 한 바가지
머리에서 발끝까지 흘러
온몸을 타고 내리던 청량감

아, 잊을 수 없는 울엄매
땀과 눈물로 이고 오시던
애배미 샘물 그 한 모금

* 애배미 : 신수도 왕가산 아래 샘물.

고사목 앞에서

저 홀로 서 있던
푸르른 하늘 아래엔
아득함의 길
모퉁이 돌아서 가는
껍질 빼앗긴 일상
하루하루가 쌓여서 지나온
기나긴 삶의 흔적엔
숨 가쁜 나날의 시름들 찾고
한 줄기 눈물에 말라버린, 열정들
세월의 뿌리는 기다림의
깊은 산길 넘어서 가도
아픈 속살 내어주듯
삭아버린 한순간
고사목은
해체되어 가는 절망 속에도
부활 꿈꾸며
기다리고 기다리는
영혼의 한 울림이어라.

도화

하늘의 높은 길
잠시나 미루어 두면
고운 자태 잊어 잊어버릴까
맑은 심성 품어서 안고
땅속 깊은 결심에
한 떨기 꽃 피어나는 도화
발그레한 미소
붉은 열망 가득한 얼굴엔
꽃으로 불리우는
희망의 송이송이들
깊고 깊은 산속
냇물에 흘러나던 꽃잎의 비경은
꿈속으로나 거닐던
도원경, 다시 갈 수 없을지라도
도화 피는 계절에
언제쯤
한마음으로 맺어진
옛 선인들의 도원결의
웅혼한 기상 다시 만나리오.

심수도*

삼천포 부두에서
물살 가르며 건너가는 뱃길엔
목섬, 학섬, 벙거지섬, 씨앗섬, 장구섬, 솔섬, 아두섬
외로이 품은 전설 속 이야기들
모두, 하나같이 깊고 깊어도
눈길만 주어 받고 말 없는 미소만 가득
달리는 배 위에선 바람길로
멀어지는 육지보다, 섬
심수도 눈앞에 펼쳐 떠오르고
역사에 잊힌 목소리 진陣 끝엔
조선 수군의 흔적 이름으로만 남아
섬사람들 기억 속 묻힌 일들
매립된 포구엔 천연의 바위 하나
찾아볼 수 없는 아득한 꿈길
기록으로만 남겨진 심수도 수군주둔지
옛 조상들 팔도에서 모여
힘차게 노 저어가던 소맹선, 대맹선
엇어라 데리라

샛바람 불어와도 대구머리 앞

탕건바위 거친 물살 지나서 갔어라

오늘, 하루는 고구마밭 사이 돋아나는

야들한 고사리 새순 꺾는 허리 굽은

내 어머니들의 주름진 얼굴 따라

거친 손길 멈출 수 없는

마음 깊은 물결의 한 울림.

* 심수도 : 신수도. 조선 단종부터 성종까지 35년간 수군이 주둔한 곳. 이후 삼천
포로 이진함. 신수도 부속 무인도 이때 수군들의 둔전 형식의 양식 제공처로
주어졌음. 삼천포 앞 목섬까지도 심수도 부속 무인도였음. 이는 삼천포 수군
병사들이 심수도에서 옮겨왔으므로 가능한 일이었음.

히말라야 낙엽송

히말라야

설산 아래 돌밭투성이

자갈 많던 아랫길 서 있던

나무 한 그루

그 씨앗으로 심기어져

이곳에 자리 잡은 시간들

남아의 기상으로

힘찬 날갯짓 불러오려

잎새 하나하나

바다의 푸르름 살아내고

널 보며 지나다니던 등하굣길

아름드리 둥치 우람했었지

포장되지 않은 자연 그대로, 운동장

바지게 선생님의 전설을 낳고

발길에 차이던 그 많던 돌멩이들

지금은 보이지 않아도

그 길 기억엔

추억으로 쌓이고 쌓여서

모교 사랑 깃발 아래
삼고인의 큰 꿈으로 자라나
역사의 큰 나무 되어 가오리라.

선진리성 벚꽃은

그날의 함성은, 흩날려가는
하얀 기억의 잎새로
사라져 가버린 하루
중로군[*]
진군의 나팔소리 울리며
뛰어오르던 언덕길
왜적을 격멸하라, 격멸하라
조선의 강토 피로 짓밟고 밟은
몹쓸 놈 평수길군의 졸개들
남기지 말고 쳐서 물리쳐라
조선과 명나라 연합군의 외침
선진리 들판을 뒤흔들고
반나절의 분투, 뒤이은 실책, 폭발사고
아, 억울하고 분한 후퇴의 길
규수의 싸움꾼 시마즈군의
조총과 일본도의 칼날 피할 수 없어
한 무더기로 묻힌 무덤
조명군총

하늘은 슬픈 그 순간의 역사 기억하려나

눈물로 젖어간 한 세월

안으로 삭이며 울음 감춘

분노의 시간 선진리 성돌 아래

쌓이고 쌓인 차디찬 물음

그날의 치열했던 몸짓은

우리의 기억 속 유물로

벚꽃 잎 되어 분분 날아오르는가.

* 중로군 : 정유재란때 사천 선진리성에 주둔한 토요토미 히대요시의 군대를 물리치기 위해 조직된 조.명 연합군대를 통칭함. 조선에서는 히데요시를 평수길로 부름.

봄을 찾아서

설핏 머뭇거리는 봄길
늙은 아카시아
등허리 굽어 앉은
땅속 웅크린 하늘 아래
허허로운 길모퉁이
돌아서 돌아서면
외로이 매달린 빈 까치집 하나
삭아서 흘러가고
흐려오는 것은 눈물만이 아니다
산까마귀들 쉰 목소리로
울음 울어 넘어서는 언덕
저 고개 넘어서면 눈부신 강물
시린 웃음 건져줄까
어깨 움츠리던 세상근심은
던져놓고
걸어가자 봄의 시원을 찾아
굽이굽이 이 고개를 넘어가자
산 아래 양지 뜸엔

진달래꽃 맑은 미소 피고 지고
봄소식 찾아
춘월산 오르는 길, 봄은
모두의 가슴 울리며 오는가.

산수유 마을로

산 넘고 물 건너
험한 뱃길
견디어서
이 땅에 뿌리 내려
살아서 살아오니
지리산 자락
따스한 마을
구례군 산동면 계척리*
살랑한 봄바람에
황금빛 꽃잎
사랑으로 피어나고
붉은 열매
가득한 계절엔
집집마다 산수유 수확
전통의 기법대로
묵묵히 이어오네
옛 조상들
살아옴이 문화인데

옛것을 지켜가는

아름다운

그 마음들

변함없이 지켜서

두 손 모아

손에 손잡고 가오리다

* 산수유는 자생종이 아니라 중국 산둥성에서 시집을 온 여인이 가져다 심었다
는 전설이 있다. 구례군 산동면 계척리에 가면 할머니나무라 불리는 시목이
있다.

꽃잎으로만

한결 가녀린
봉우리로 맺혀 올라
겨울의 긴 껍질
벗어들고
찾아서 오는
기다림의 시간들
짙은 어둠 속
잠들어 앉은
생명의 근원 찾아
일어서 깨어난, 꽃방
억겁의 흔들림으로도
잊혀질 수 없는
붉은 물결의 회오리 한 올
활짝
웃어 올 듯한
눈동자 사이로
다가오는 추억 속
아름다운 순간들

움터오는 기쁜

한 줄기

꽃잎으로만 흩날려 온다

꽃잎, 4월의 어느 날

흰 그림자도 없었네
날아오르던
푸르른 꿈길엔
한 잎 두 잎 방긋한 웃음꽃
숨죽인 시간의 외침
너풀거리며 손잡아 가려는 너
따스했던 눈가름
사르륵 휘감으며
흩어져도 잊힐 수 없는
화려한 향연 아래로
다시 못 볼 젖은 몸짓,
떨며 바람의 길 찾아나선
고운 숨결, 눈물 한 방울
그렇게 가는 것을,
세상 꽃잎은
4월의 어느 날을 지난다.

제3부

어디쯤 오고 있을까

남녘의
바다 언덕
홍매화 피었다 하는데
아직 싸아한 바람은 차다
겨울을 건어낼
봄기운은 땅속 언저리
맴돌고 있어, 오늘이 경칩
어디쯤 봄은 오고 있을까
손꼽아 기다리는
입춘대길
그대와 나
우리 모두의 봄
어디쯤에서 자라나는가.

부유물로 본 세상

아직 어스름 새벽, 신수도
가싱개* 쩡하니 눌어붙은 큰개 바닷가로
손 시린 눈물 바람 울어 이끌려오고
바닷가엔 어디서 떠돌다 온 건지
파도의 등에 이고 지고
물에 뜨는 건 다 올라온다
마싱통, 요구,
투구리, 기름걸레, 군용기름통,
나무토막, 천막쪼가리, 노끈,
검정 고무장화, 다라이, 바가지,
대나무로 만든 학가, 부이용 유리공, 고무장갑,
부서진 기타, 밧줄 무더기, 줄 없는 낚시대,
나무학구, 밀집모자, 오색 깃발, 담배갑
엄매의 품을 떠난 새끼들같이
요기조기 기웃기웃하다
세월의 물결에 쓸려 휩쓸려
빠질 듯 간당간당 그래도 가라앉을 수 없는
한때는 요긴했을

세상살이의 그 이름 한 이름들

사랑으로 한 번 더 불리울까

기다리고 기다리는 마음

잊혀짐이 아쉬운 눈길

밝은 햇살로 눈 부시다.

* 가싱개 : 한겨울에 밀려오던 얼음 덩어리들의 사투리, 지금은 볼 수 없는 광경
  임.

용궁시장[*]

울 어머니 갯바람에 익은
들큰한 신수도 시금치
한 아름 밀고 가는 곳.
오이소 사이소
앤간이 뒤직이고
많이 줄껍니다 고마 사가삐리소
섬초보다 더 고소한
귓가를 향긋하게 하는
내 어머니들 사투리 아롱거리는
신섬, 딱섬, 늑도, 마도, 초양도, 신수도
한가득 품고 온 가슴속 이야기
두런두런 풀어놓기 바쁜 곳
용왕님은 못 뵈어도
주름 자글한 얼굴들엔
지나온 세월 웃음, 꽃이 피고
오롱개 당산 건너건너 옆에 집에
아 그 대밭집, 손자 봤다카더라
그래예, 아이구마 잘됐심다,

시금치 사가이소

보이소 이 뿌링개 뻴강 거

바닷바람 묵어서 참 맛납니다.

용궁시장 질척한 바닥엔

섬에서 뭍으로

뭍에서 섬 이어져 녹아가는 세월

모두 태어난 곳 풀어 이고들 간다.

* 용궁시장 : 삼천포 선구동 바닷가 어시장, 아침엔 인근 섬 주민들의 난전 시장
  이 열림.

백송

본디, 이곳
고향은 아니라 했다.
먼 산하 굽이굽이 낯선 곳
철부지 어린 입술 말할 수 없는
곱디고운 눈길 아련한 땅
어머니 젖가슴 품을 떠나
손끝 아리듯 흰 껍질 질시 아래
비바람 폭풍우 말없이 견디고
한 모금 물 찾아 깊음 아래
뿌리칠 수 없는 밥의 길 찾아
세파의 흔적 온몸으로 익어가면
우뚝한 마음속 기다림에
한 줄기로 솟아올라
푸른 잎에 담겨온, 그곳
그리운 소식들은
바람결로 불어와도
꿈은 하늘 아래 한동네
백송, 하이얀 얼굴 맑디맑은

송화꽃 향기, 한 폭
배실한 웃음 손짓으로 다가온다.

아라마루*는 어디에

경인운하 뱃길, 서울에서
어느 나랏님이 중국도 가고
세계를 다 갈 수 있게 한다
만들어 놓은 배들의 길
다 만들지는 못해도
강물 위 높은 멋진 명소
아라마루, 인천시 계양구에 있는
수도권에서 갯내음 그리우면
찾아가는 아라마루 휴게소
별 점수 세 개 반짜리 맛있는 커피
어라, 그런데
경남 사천에도 아라마루가 있네
여기도 커피숍인가,
아니 남해를 통째로 보여주는
카페 형 휴게소인가
왜들 이러실까
남의 이름 멋대로
경인운하사업소 허락 받았나

지금은 작은 것 하나에도

무슨 재산권 같은 게 다 있는데

나중에 분쟁이라도 나면

멀리 있다고 안 볼 거라고 모를 거라고

차라리 구라량 아쿠아리움이 어떨까

우리 고장의 순수한 옛 이름들

여기에 크게 적어

지역사를 알리는 깃발

순수의 노스텔지어*를 함께

찾아서 나서야 하리.

* 아라마루 휴게소 : 경인운하 뱃길에 있음. 커피가 맛있고 전망이 좋아 별점
세 개 받음. 수도 한양에서는 약간의 유명세 있음.
* 노스텔지어 : 유치환의 '깃발'에서 빌려옴.

빙아리 국수[*]

갯바람은

진주재 너머 수굴렁

춘사월 늦봄

조인널 모래밭엔 붉은 함초, 함초롬이

피워올리는 신수도, 그맘때면

하루 두 번 물때 따라

죽방렴 대나무 발통 둥구리엔

빙아리가 한가득

신수도 사람들

할아버지의 할아버지부터

먹어온 별미 빙아리 국수

하얀 살결에 뽀듯한 혀굴림

녹아나는 한입 살강살강

초고추장 양념 맞은 뒷전이고

한 젓가락 걷어

할머니와 손자 머리 맞대고

정답게 먹던 국수

이웃집 함께 모여 나누는

봄날의 정취 한 토막

이젠 찾아볼 수 없는

양은 다라이 속 왁자한 웃음 따라

"마이 무우라 아이가"

떠오르는 짭쪼롬한 얼굴들

꿈결로 건져 오르는

한 보시기 빙아리 국수

* 빙아리 : 청정한 바다 갯가에 서식하는 뽀지랭끼라는 미꾸라지 비슷하게 생긴
물고기의 치어를 말함. 지금은 대량으로 잡히지 않는다.

비토섬을 찾아서

석화* 꽃으로 피어나는

회색빛 넓은 갯벌 아래

갱물*은 전설 따라 떠밀리고

늙은 포구 나무 한 그루

생명의 물 찾아 깊음 그 아래

메마른 자갈 등허리 속 뻗어내리는 곳, 비토섬

토끼는 아직 도착하지 않았는데

용왕님의 충실한 신하 별주부

연신 눈깔 굴리며

기다림에 지쳐가는 비렁바위 한켠

병든 용왕님 낫게 하려면 토끼의 생간

누가 특효약이라 했던가

어제의 토끼는 오늘도 아니 오고

기다리는 별주부 한세월 가면

전설의 끝머리는 희망 속 한마디

언젠가 오겠지, 토끼는

오늘도 비토섬의 석양은

내일의 꿈 기다리는 하루.

* 석화꽃 : 비토섬주변 갯벌은 1967년 바닷굴 특화지역으로 선정되어 정부의 지
  원으로 걸대식 바닷굴을 생산하기 시작함. 지금은 서포지역 특산품.
* 갱물 : 바닷물의 사투리.

삼천진성*을 찾아서

삼칭이라 불리웠던
한적한 바닷가 포구
순박한 사람들의 마을
와룡산 높이 꿈틀 솟아 이어져
용강, 남평 기름진 들판
평화로운 이곳, 고려국 이래로 계속된
쓰시마, 규수 왜구들 노략, 분탕질
물리치고 막아내기 위해서
조선의 수군 주둔
단종 2년, 서기 1442년
침수도*에서 옮겨온
수군들 돌로 진성을 쌓으니
삼천진성 각산에서 팔포까지
성 둘레 2050자, 망산엔 망대 세우고
남해안 방비기지, 사량진, 적량진, 신호연기에
각산 봉화대 흰 연기 응답하면
한내천 아랫녁 팔장기 펄럭이는 장터
삼칭이라

문어, 멸치 특산품 조선 팔도 이름 올려

역사의 한순간

도시 개발 미명 파헤쳐 부숴버린

이젠 한 줌 흔적도 찾을 수 없는

이름도 가물가물 삼천진성

팔포 앞바다,

바당 물결만 조용히 흘러간다.

* 삼천진성 : 조선 성종 19년 1488년에 신수도 주군 수군을 삼칭이 포구로 옮기
며 쌓은 진성.
* 침수도 : 현재 사천시 (삼천포)동서동 소속의 신수도를 조선 시대엔 침수도로
부르기도 했음 황희 정승의 손자 황수신의 장계에 나옴.

시인 백석

순백의 광목천 한 필
넓게 드넓게 펼쳐서 두고
그려내는 하늘 꽃잎 송이들은
백석으로
펼쳐진 흰 얼굴의 설경
자작나무 껍질 닮은 살빛엔
고향을 그리는 마음
하늘로 사무쳐 올라, 평북 정주
산골짜기로 피어오른 시의 향기
내 고향 남녘으로 발걸음 옮겨가다
"가난하지만 따스한 동네*"
인심 좋은 들머리, "오이소"를 노래하는
햇살 부러운 한내천의 물소리
팔포를 건너 노산 앞바다 달리고
시인의 가슴엔 뜨거운, 향수
눈물로 젖어버린 분단의 철조망
소복소복 눈 내리는 날
시인의

'나와 나타샤와 흰 당나귀'를 읽으며

세상만사 다 버리고

어머니 젖가슴 내음 아련한

가난과 고난이 기다리는 그곳

끝내 돌아간 시인이 눈발로 내린다

"눈은 푹푹 내리고 나는 나타샤를 생각하고"
* 백석 시인의 시 「삼천포」에서 인용.
* 백석 시인의 시 「나와 나타샤와 흰 당나귀」에서 인용.

그 섬에 가면

황금빛 햇살 눈부시게 일면
샛바람 야물게 불어온
염시개 비렁바위* 한 벌판
물고구마 한 짐 머리에 이고
푸른 갱물이 출렁이던
들방*에서 들방으로
건너뛰던 날렵한 몸짓
"요참 맹키로 하몬 되는 기라"
어깨 둘러맨 고구마 자루보다
넘실대는 파도가 무서워
망설이고 이리저리 서성거리면
한달음에 옹당가*에 갖다 놓곤
"저로 똑바리 봄시로 뛰면 되는 기라"
바위틈 푸른 물결은 변함없이 넘실대고
"니는 온제나 내리 올끼고"
전화기 너머 목소리
"담에 올 때는 유모차 한 대 갖고 오이라 마"
알았심다 엄니

골목 어귀 만나는 동네분들 그기 좋것다

내도 한 대 갔다주라 마

갈 때마다 한 대씩

아기 울음 멈춘 지 오래된 곳

된바람 차가운 그 섬에 가면

빈 유모차 끄는 어머니들

소왕가산* 너머 또가리 고구마밭은

묵정밭 다 되어가는데.

* 염시개 비령바위 : 신수도 동쪽 넓은 바위 벌판.
* 들방 : 큰바위돌의 사투리.
* 웅당 : 바닷가 작은 웅덩이.
* 소왕가산 : 신수도 대왕가산 옆의 야트막한 산. 왕가산 명칭이 붙은 것은 단종
  때 심수도(신수도)에 수군이 주둔(병선 5척, 수비 군사 200명)하면서 붙여진 이름으로
  추정됨.(진끝, 대구머리, 메엔추, 왕산, 에배미, 논골, 진주재 등 옛 지명 속 흔적으로 남았음.)

파도의 세월에

제일제빙 부둣가에서 만난
어릴 적 친한 내 고향 친구
검게 탄 얼굴엔
반가움의 해사한 웃음이 가득
몇 년만에 보는기가 이게!
반갑데이, 참말로
아아들은 잘 크제
하모, 잘 있다 아이가
우짠 일이고,
어머이 보러 안왔나
니는 이번엔 어데로 출어하는데
쏘코트라* 거가 어덴데
소흑산도에서 한참 더 가면
머릿속 지도가 펼쳐지고
여기서 얼마나 걸리는데
열 몇 시간 배질해야 갈기다
상상할 수 없는 시간의 간격, 함께
파도의 세월에 익어버린

굵은 목소리들 깊은 물결의 흔적들

거침없이 지나가 버린, 유년

몽넘* 바닷가 함께 수영하던

그날의 벌거숭이 깜쟁이 친구들

마주 잡은 손등에서 까르르 웃는다

* 쏘코트라 : 소흑산도에서 중국 쪽으로 3시간 정도 뱃길의 암초.
* 몽넘 바닷가 : 신수도에 본동 동북쪽 몽돌밭을 말함.

개망초

작은 씨앗 하나
철도 침목에 심겨
대양 건너와
온 산하 넘치게 덮여
그 몹쓸 놈의 종자
왜풀로 불리며
질기게도 자라서 자라나고
나라 잃은 설움
흰꽃, 네게라도 물어볼까
눈 시린 하늘 귀퉁이, 조국
찾아서 울어 울어라
삼천리강산
망초, 망초 맺힌 사연
흰 옷고름 속 노랗게 아려
나라, 찾으려는 열망은
엄동설한 그 넓은 발판으로 달리고
끈질긴 생명 이어주는, 꽃잎
눈물 속에 피어

개망초

물 건너 작은 섬

남도의 끝자락 여기에도 누웠구나.

* 개망초는 1890년경 철도 침목에 붙어 미국에서 건너옴 한일합방과 더불어 일
본 제국주의의 철도부설로 전국에 퍼짐, 한때 '왜풀'로도 불림.

그 작은 빈집으로

하늘 높은 푸르름
눈 짙게 부풀어
작은 그림자도 없는
바다의 손짓 아래
한 폭 향기로
살아오는 바람의 언덕엔
주름진 눈물 잊어가는
빈집
살아옴의 그 흔적
묻힌 사금파리 몇 조각
달려오는 물결에
한 높이 떠오르면
원시의 항로 찾아
떠나가는 목소리들
파도의 흔들림에
잠들어가는
아주 작은 그 섬에는
이젠 허리 굽어 일어서기도 늦은

늙은 나무 한 그루
기다림의 시간만 지킨다.

희망 한 줄

푸른
파도의 속살
가르며 달려가는
그 한 길에는
만선의 깃발 휘날리고
갈매기 조나단보다
높이 날 수는 없어도
맞바람 불면, 그래도
희망 한 줄
기다리는 마음속 다짐
이겨내야 하리라, 코로나19
이 난국을
힘찬 날갯짓
솟아라, 높이 더 높이
밝은 햇살에 눈부신
웃음 가득한 얼굴들로
만나볼 그날까지

| 제4부 |

강물

너의 하루는 깊었다
먼 길 돌아오는
아득한 수고로움이여
한 방울 두 방울 쌓여
목마름의 장막 걷어낼
기다림의 시간들
한순간의 푸르름은
투명한 웃음 속
붉은 눈물 한 폭
그 끝없는 길 찾아가는
구도자의 두레박
오늘도
세월의 강물은
그리운 마음, 너
파랗게 시리다.

함성

코발트빛
파도와 어우러져
사천에 녹아들은
내 고향 삼칭이
가을은 익어가고
저 멀리
신수도엔 고구마 수확이 한창일
언제나 가고픈 곳
솔섬엔 소나무 사라졌어도
마음속 아름다운 섬
변함없는
짙은 소야곡의 한 울림
아! 그곳
금오산 봉우리 너머
황금 햇살 저물어가는
사천만 어귀엔
거북선 저어가는 조선의 격군들
내 꿈속

바다의 향기 속에
아득한 노 젓는 함성.

내 이름을 찾아주세요

견아려*
날카로운 이빨을 가진
나는 짙은 갯벌의 향기로운 신사
연갈색 빛나는 맵시는
유연한 허리의 아름다운 깃발
힘찬 꼬리의 날갯짓
이 어두운 세상 헤쳐나오리
본래 조선의 바다가
내 고향인데
이국땅 일본 그곳에서
더 알아주고 좋아하니
그들은 하모 하모 하모 부르며
귀찮게 한다 호들갑이다
어엿한 내 이름이 있는데
우짜다가 본래의 멋진 부름은 사라지고
꽉 물어뜯는다는 하모는
지들끼리 붙인 이름이다
내가 조금 잘 물기는 해도

내는 그기마 싫은 기라

임진왜란 때 평수길*이가 묵었다캐서

질마들이 그리 하는지는 몰라도

부르기에 멋진 내 성명

갯장어

이젠 내 본래 이름으로 불리고 싶다

내 이름을 찾아주세요.

* 견아려 : 정약전의 자산어보에는 갯장어를 견아려로 부름, '개의 이빨 가진 물
  고기'라는 뜻.
* 평수길 : 임진왜란(1592)을 일으킨 주범, 조선에서는 평수길로 불렀다. 임진왜
  란 때 웅천 주둔 왜군들이 평수길에게 갯장어를 보내어 먹게 했다는 설이 있음.
  그래서 오사카, 교토사람들이 우리의 갯장어 유난히 좋아한다고 함, 현재도
  남해안 수출 수산물 중 상위권에 속한다.

얼굴

무지개빛 마음은 붉다
검은 눈동자 사이로
보이는 것은 흰 그림자 하나
고양이 울음 같은 추억 속
아지랑거리는 눈길
삼키는 건 쉽지
잊혀져 가는
과거의 작은 그 시간 속에서
앨범을 넘기는 손끝으로
들려오는 전화기 너머 목소리
그랬었지
맞아 맞아, 이제 기억나네요
그땐 참
몰라보겠어요.
낡은 신문 속 누렇게 빛바랜 순간들
되돌려보는 필름
좌르륵 촤르륵 촤르륵
어디서 만나면 모르고 가겠어요

낯선 듯한 소리엔
낡은 바이널 음반 속 한 노래
"동그라미 그리려다 무심코*"
그 얼굴엔 아직도
웃음꽃 가득 피어 있을까
흰 나비 같은
마음만 붉게 익어간다.

* 가수 윤연선의 노래 〈얼굴〉 중에서.

막걸리 다섯 말에

팔포 앞바다
삼칭이 포구 앞 목젖 모양 생겼다 하여
이름 붙은 섬
조선부터 근래까지 신수도 부속섬이었다네
나무 한 그루 베지 않고
신수도 주민들 목심같이 섬을 아꼈다
언제부터인가 어촌계가 생겨나고
바닷물 위로 어촌계를 기준으로 구역이 나뉘기 시작하니
가까이 있어도 수산물 채취 권한 없는
팔포어촌계 수산물의 채취권리만 자기들에게
빌려달라고 해마다 읍소했다 한다
그에 맞는 댓가를 매년 드리겠으니
셈에 어두웠던 신수도 사람들
순박한 마음에
하모요 한 뭉티기로 니캉 내캉 항개로 묵고 살아야제
까이꺼 머 몽뚱거리 가가삐이소 마
막걸리 닷말만 주고 말입미다 예
아, 이런 경우 뭐라 해야 하나

마치 제국주의 침탈 앞에선 조선 아니
인디언들이 유리구슬 몇 개에 넘겨준 맨하탄
허투루 넘겨버린 섬만 여섯
씨앗섬 아두섬 솔섬 장구섬 벙거지섬 목섬
그 넓은 영역 수산물 채취권만 빌려주어도……
지금 신수도 사람들
고구마 한 뿌리 더 심으려고
등허리는 다 굽어 갈퀴손으로 땅만 파고
알지 못해, 관심 없어서
바쁘다는 핑계로 내 고향 신수도 야야
진즉 돌아보지 못하여 미안쿠나
참말로 미안하데이.

오색깃발 휘날리며

해엠요

배는 나갈낀교

수누 끝 너머 샛바람 탱탱하입디다

반가운 인국이 삼촌 목소리

동쪽골 골목에 넘쳐나고

괘안을 끼다

디게 많이 불었더나

요런 바람이야

추자도 앞바당에 비길 낀가

나가자 마

다 왔는기가

서쪽골 사는 만식이 글마가

엊저녁에 술 많이 묵었는지 아직입니데이

화장은 배로 바리 간다 캣심니다

니는 만식이 데불고 갱문날로 오이라

내는 전기통 들고 갈꾸마

물 나기 전 언능 가야 한데이

오색깃발은 휘날리고

화장이 방금 지은 따끈한
흰쌀밥 서너 숟갈 푸른 물결에 던져주며
명복호,
낡은 회색 몸통 물에 감기우듯
진 끝 너머 너머로 달려간다
배 갈 때 질때로 인사하는 기 아이다
니는 바리 와야 된다 안카나
골목을 올라오니
요번 고까이 꼭 만선해 오그로 해주이소 예
손 비비며 진 끝쪽을 향해 말씀하시는 할머니
마당 가운데 서서 발돋움하신다
보이지도 않는 배를 보려고
샛바람 가슬가슬 일어서는 오후
택택거리는 영혼의 엔진 소리는
아득함의 기억 속으로
사라질 듯 사라질 듯
가득 차 다가오는데.

이태원을 지나다

할로윈데이
준비 중인 쇼 윈도우
눈길 끄는 붉은 장식등
언제부터인가
할로윈 축제는
낯설지 않게 보인다

몸도 마음도
여러 가면 속에
그 모습들을 감추고
웃고 즐기며 논다
기괴할수록 인기다

한 움큼의 사탕과
지팡이들의 현란한 웃음
호박마차는 없어도
공주는 즐겁게 웃는다

마스크들의 입
검은 망토
감추어진 현상들
우리는
숨기고 살아야 할 것
점점 많아지는 것일까.

신수도의 가을밤은

택대구리소리*는 여태껏 안 들렸다

택대구리소리 들리능가

니 단디 들어봐라 마

느그 아부지 올 때 됐다아이가

밤늦도록

할머니 주무시지 못하고

옆방에서 숙제하는 내게 말씀하신다

알았심다 마

아까 들어봤는데 예

소리는 안 들렸다 아임니까

오늘 몇 물인대 예

가망 있어 보래

손으로 셈하시는 할머니

인자 다섯물이다 아이가

달력을 살피며 묻는 내 목소리

할매는 글자도 모름시롱

물때*는 천지 박사다 아이가

우째 그리 잘 아는데 예

내 알리주까 마

아입니다 지는 마 달력 볼랍니다

인자마 남해 미조 앞에나 왔을 낀데

할매 배 오는 소리 들리면

지가 알려줄끼니까 자이소 마

잔잔한 파도소리

시글이* 은광으로 반짝거리는

신수도의 가을밤은 깊어만 가는데

택대구리소리는 여태껏 안들리고

* 택대구리소리 : 삼천포 신수도 사람들이 작은 배의 엔진 소리를 소리 나는 대
로 부른 사투리.
* 물 때 : 태음력을 기준으로 바닷물 들고 나는 일수.
* 시글이 : 밤바다에 플랑크톤이 물결에 부딪히면서 생기는 은빛 물결의 사투리.

거미의 하루

밥 한 끼
구하러 기다림은
바라봄의 시간
익어가는
가녀림의 순간
외줄 한 가닥

때론
하늘의 빗방울 한 방울
낙엽 한 조각
홀씨 하나

그렇게

흔들리다 바람의 눈
한두 번 깜빡이면
너와 나
한 점
흰 구름 되고 말 것을

청학을 찾아서

지리산 깊은 계곡
물소리 맑은 곳에
신선들의 놀이마당
청학동 올라서 보니

흰 수염 휘날리듯
선계 들은
청학 올라탄 도인들
보이지 않고
솟대 위엔
날 수 없는
새 한 마리 날개 펼친
하늘만 쳐다보네

오늘
청학을 그리며
찾아왔건만
내 마음의 청학은
어디쯤 날고 있을까.

우륵*의 가야금 떡방아소리에는

시끌벅적하다
왁자하다
길 건너 대감집 푸른 떡방앗간
떡고물 떨어지는 소리
쿵 쿵 쿵, 요란하다
소음이다
몇 날 며칠째 불 꺼져가는 우리네
마음속 아궁이 살펴 줄이 없고

옛 가야
우륵의 집에도
가을 찬바람에 사라진 조국, 가야
휑한 가슴속 지났으리
아내의 푸념 아니더라도
외면할 수 없는 일념
내 조국, 내 조국은
나라가, 내 나라가 어디에

거문고를 집어 든 우륵

쿵 떡 쿵떡 쿵 떡,

쿵떠덕 쿵떡, 쿵떠덕 쿵떡 쿵우떡

신비의 방아소리 거문고에 실려

사라진 조국 대가야의

하늘로 하늘로

세상 온갖 시름 잊고자

* 우륵 : 신라 진흥왕 때 조국 대가야가 멸망하자 투항한 가야금 명인.

늑도패총[*]

새로운 세상 찾아가는
시간의 거센 물살 헤치고
머나먼 중국대륙 건너온
오수전[*] 한 꾸러미

수천 년의 세월
바다 물길은 소용돌이
휘돌아 휘돌아
남해 건너 일본 땅
붉은 토기[*] 실어오고

수많은
조개들의 무덤
굴껍데기들 언덕엔
늑도형 토기 비밀 안고
생활의 모습이 한가득

생존의 법칙

뜨거운 태양 아래

우야던지간에[*]

아까멩키로[*]

하루하루 이어가면

원시의 세상

늑도 패총 아래

뼈만 남은 개 한 마리[*]

주인 찾아 하늘 바다 건너

어슬렁 걸어간다.

* 늑도패총 : 경남 사천시(삼천포) 늑도.
* 오수전 : 고대 중국 동전.
* 붉은토기 : 고대 일본 야요이지방 토기.
* 우야던지 : 어떻게 하든지.
* 아까멩키로 : 이전과 같이 비슷하게.
* 개 한 마리 : 고대인의 무덤에서 피장자와 개가 같이 묻힌 경우는 희귀한 것이
  라 함.

한 그릇 밥은

굵은
빗방울 흩날리는
늦은 오후
북한강 금대리 여울목

흰 왜가리 한 마리
저벅저벅 바쁘게
물속 분주히 살핀다
많은 물 불어난 뒤끝이라
흙탕물 속 뭐가 보이랴

오늘
너의 밥 한 그릇은
아직인가 보구나
저녁 시간은 다 지나가는데
너에게나 나에게나
소중한 한 그릇 밥의 시간

그 한 그릇

누구에게나

크든지 작든지 간에

경술국치

1910년 8월 29일
나라를 **빼**앗기다

스스로 지킬 수 없었던
무력한 조선왕조

마지막 한 가닥 등불
만국평화회의
고종의 밀지 이준 열사
회의장엔 입장 불가
통한의 눈물 한 주먹

알지 못했네
카스라-테프트 밀약
영일동맹
서구열강 모두 일본 편
독일만이라도
유인석의 만인소

빌헬름 황제 앞엔 가지도 못하고

백제의 예식진* 같은
매국노 이완용 총리대신
순종을 협박하여
오 백 년,
조선 주권을 상실하다

나라 잃은 설움
어디에 하소연할 곳 없고
식민통치의 잔재는
여기저기 계속되고 있으니
아, 모두 잊었는가.
경술국치의 그날.

* 예식진 : 백제 웅진성 장수, 의자왕 배반하고 당나라에 붙음.

산기슭 빈집

옅게 내려앉은 회색빛 언덕
작은 냇고랑 지나
모퉁이 허물어진 돌담
오른쪽 돌아서 나가면
쑥대머리 웃자란
산기슭 빈집
덜컹거리는 문짝들
흰 수염 문풍지 너풀거리며
주저앉은 울타리 저 너머
검은 눈길 물들어가는 대추나무 두 그루
잡초의 바다에서 흔들리며 떠가고
처마 아래 다시 켜질 백열등 기다리는
까치 두 마리만 우는데
그리운 이들 어디서 웃고 있을까.
아픈 속살은 감추고
물기 어린 눈에는 고향 푸르름 기억하랴.

이제 돌아와

녹슨 문고리 삐거덕거리며

두 손 맞잡아갈

기쁜 귀향 그날까지는

근원과 미래를 향한 노래, 혹은 기도

-김학명의 시적 지향과 관련하여

백 인 덕 | 시인

1.

　고향 하면(세대 간 현격한 차이를 보일 것이 분명하지만) 대부분은 '수구초심首丘初心'이라는 고사성어를 떠올릴 것이다. 이 말은 중국 『예기禮記』의 「단궁상편檀弓上篇」에 실린 '강태공' 일화에서 비롯하지만, 일반적으로 '여우는 죽을 때 제가 태어난 굴 쪽으로 머리를 둔다'라고 풀이하며, 자신의 근본을 잊지 않거나 혹은 죽어서라도 고향땅에 묻히고 싶은 마음의 비유라고 본다. 고대 동양적 사고에서는 그것을 또한 '인仁'의 발로發露로 본다. 어쨌든 중요한 점은 우리가 '고향'을 생각하는 심리의 이면에는 자기 근원에 대한 '염려'와

자신의 머지않은 미래에의 바람, 즉 '기대'가 오롯이 담겨있다는 점이다.

　김학명 시인의 첫 시집, 『섬 섬 섬, 그 섬들은』에는 고향에 대한 애틋한 서사들로 가득하다. 물론 거기서 주류가 되는 것은 시인의 기억과 체험이 버무려진 시절의 초상들이지만, 당연하게도 고향을 이루는 필수 구성요소라 할 수 있는 지역의 자연과 역사, 친지와 같은 이웃 사람들에 대한 정서적 연대와 지향도 드러난다. 다시 말해 이번 첫 시집은 시인이 고향에 바치는 애절한 헌사이면서 동시에 오래 타향을 떠돌았던 방랑자로서 자기 자신에게 보내는 따뜻한 위로의 노래라 할 수 있다.

　　오늘같이 주룩주룩
　　비 내리고 대숲 바람 부는 날

　　울 아부지 집 뒤란에 숨겨둔
　　도가지 소주 한 바가지로
　　얼큰해지시면
　　줄줄이 줄줄이로 읊어주시던
　　사량도 수우도 두미도 남해
　　욕지도 금오도 백도 광도
　　선축도 초도 거문도
　　청산도 여서도 소안도 보길도
　　추자도 관매도 거차군도

가거도 만재도 상태도 하태도
흑산도 홍도 대둔도
그 먼 먼 섬들의 길에서
젊음의 외줄낚시 드리우며
푹풍우 이겨내고 살아온 날들
휠체어 앉아서도 저 멀리 미조 바다
"갈 수 있다 아이가"
"백도에 지금쯤 뽈래기가 피었을 낀데"
울 아부지 하늘나라에서도
머나먼 섬 섬 섬, 그 섬들을
다 외우고 계실까.

— 「섬 섬 섬, 그 섬들은」 전문

　이번 시집의 표제작을 먼저 살펴보자. 작품의 기본 정서는
물론 '그리움'이다. "주룩주룩/비 내리고 대숲 바람 부는"
음울한 날씨가 '하늘나라'라는 제유로 표현된 돌아가신 아
버지 생각을 불러일으키는 것이다. 시인은 이번에 수록한
여러 작품에서 아버지와 관련한 일화들을 어떤 절절한 심정
을 담아 풀어내고 있지만 왜 하필이면 이 작품을 표제작으
로 삼았을까. 시는 6 ~ 12행에 걸쳐 "사량도 수우도 두미도
남해/욕지도 금오도 백도 광도/선축도 초도 거문도/청산도
여서도 소안도 보길도/추자도 관매도 거차군도/가거도 만
재도 상태도 하태도/흑산도 홍도 대둔도" 등 남해와 서해의
섬 이십여 개를 호명한다. 그 섬들은 아버지가 젊은 시절

'외줄낚시'를 하며 누볐던 삶의 현장이고 꿈의 터전이었다. 시인은 "울 아부지 하늘나라에서도/머나먼 섬 섬 섬, 그 섬들을/다 외우고 계실까"라는 의문을 통해 죽어서도 잊지 못했을 것이라는 짐작을 통해 그 시절의 긍지와 절실함을 드러낸다.

   그런데 여기서 한 가지 간과하지 말아야 할 점이 있다. 그것은 앞 작품에 인용된 '그 먼 먼 섬들'은 시인의 섬이 아니라 아버지의 젊은 날의 섬들이라는 것이다. 다시 말해, 시인이 기억한다고 해도 그것은 아버지가 들려준 이야기를 통한 2차 기억이고 체험한다고 해도 추체험일 수밖에 없다. 즉 시인의 기억과 체험이 오롯이 집약된 '그리운 섬들'은 다른 이름으로 등장해야 한다는 것이다. 또한, 그 섬들은 의미상 아버지의 섬들과 다른 자질을 갖게 되리라 어렵지 않게 짐작할 수 있다.

   옅게 내려앉은 회색빛 언덕

   작은 냇고랑 지나

   모퉁이 허물어진 돌담

   오른쪽 돌아서 나가면

   쑥대머리 웃자란

   산기슭 빈집

   덜컹거리는 문짝들

   흰 수염 문풍지 너풀거리며

주저앉은 울타리 저 너머
검은 눈길 물들어가는 대추나무 두 그루
잡초의 바다에서 흔들리며 떠가고
처마 아래 다시 켜질 백열등 기다리는
까치 두 마리만 우는데
그리운 이들 어디서 웃고 있을까.
아픈 속살은 감추고
물기 어린 눈에는 고향 푸르름 기억하랴.

이제 돌아와
녹슨 문고리 삐거덕거리며
두 손 맞잡아갈
기쁜 귀향 그날까지는

—「산기슭 빈집」 전문

  이번 시집의 또 다른 한 축은 '귀향'에 대한 염려와 기대라
할 수 있다. 앞 인용 작품의 '빈집'이라는 제목에서 충분히
유추할 수 있듯이 멀리 타지에서 바라보는 고향은 점점 낡
고 쇠락한 이미지로 다가온다. 하늘나라에 계신 '아부지'와
달리 고향에 생존해 계시는 '어매'가 등장하는 작품들이 대
체로 삶의 신산辛酸한 이미지로 그려지는 것과 이와 무관하
지 않다. 그러나 시인의 기대는 현실의 곤란 앞에서 머뭇거
리지 않는데 그것은 자신이 '기쁜 귀향 그날'을 스스로 지향
하고 있기 때문이다.

2.

고향이 근원인 이유는 존재의 모든 근거가 거기에서 비롯하기 때문이다. 우리 몸의 기원인 '아버지와 어머니'와 '나'가 불가분의 관계로 얽혀 있는 곳이 고향이며, 평생의 감정적 삶의 토대인 기질과 정서를 보장하는 기초인 체험과 기억이 형성되는 곳이며, 나아가 존재의 기반인 언어가 무의식에 착상하는 곳이 바로 고향이기 때문이다.

김학명 시인은 이번 시집에서 이 세 가지 층위에 걸친 고향의 의미를 비록 맹아萌芽 단계지만 모두 작품에 함축하는 폭넓은 지향을 보여준다. 비교적 선명한 목적의식과 대상인 고향을 바라보는 객관적 거리 확보에 주의를 기울인 긍정적인 결과라 할 수 있다.

울 어머니 갯바람에 익은
들큰한 신수도 시금치
한 아름 밀고 가는 곳.
오이소 사이소
앤간이 뒤직이고
많이 줄 낍니다 고마 사가삐리소
섬초보다 더 고소한
귓가를 향긋하게 하는
내 어머니들 사투리 아롱거리는
신섬, 딱섬, 늑도, 마도, 초양도, 신수도

한가득 품고 온 가슴속 이야기
두런두런 풀어놓기 바쁜 곳
용왕님은 못 뵈어도
주름 자글한 얼굴들엔
지나온 세월 웃음, 꽃이 피고
오룡개 당산 건너건너 옆에 집에
아 그 대밭집, 손자 봤다카더라
그래예, 아이구마 잘됐심다,
시금치 사가이소
보이소 이 뿌링개 빨강 거
바닷바람 묵어서 참 맛납니다.

용궁시장 질척한 바닥엔
섬에서 뭍으로
뭍에서 섬 이어져 녹아가는 세월

—「용궁시장」 전문

　주석에 따르면 '용궁시장'은 "삼천포 선구동 바닷가 어시
장"으로 아침에는 인근 섬 주민들의 난전 시장이 열리는
곳이라고 한다. 어디서든 정보의 중요성과 가치를 강조하는
시대이다 보니 용궁시장에 대한 지리나 상업적 특색 등에
대한 정보는 곧바로 유의미한 어떤 것으로 취급된다. 하지
만 그런 정보는 인용 작품이 함축한 용궁시장의 결과 무늬
를 결코 되살려낼 수 없다. 시인은 이 작품에서 유년의 기억

과 경남 사천 지역의 방언, 그리고 삼천포 앞의 섬들의 이름
과 자신에게 지금까지 이어진 '세월', 즉 개인사의 한 단면까
지 모두 보여주고 있다. 따라서 이 작품은 시인이 지향하는
미래의 고향을 그대로 함축한 기억의 노래라 할 수 있다.

> 할머니가 기워주던 옷만 입던 난
> 까실한 새옷 촉감 어색해하는데
> 베구두는 어디 파능교
> 아, 운동화 말이지요
> 옆에, 옆에 집인데예
> 근데 배 이름은 뭔교,
> 명복호
> 아버지의 짧은 한마디
> 그날 운동화를 신은 기억은 없지만
> 늘 내가 입던 헌옷만 입던 아버지
> 멀쩡하다야 이것도 괘안타야
> 그제 아버지 제삿날
> 새 옷 한 벌 사드려야지, 사드려야지
> 그저 마음만 마음뿐
> 내도 아버지처럼
> 얼룽 타이소 마
> 했었어야 하는데.
>
> ──「후회하는 마음」 부분

비 오고 난 뒤
흙은 신발 바닥에 딱 붙어
발을 끌고 가기도 힘든
둑을 치는 손바닥은 아프고
땀은 온몸 적시고
아, 이리 힘들은 걸
그동안 어머니가 보내주시면
아무 생각 없이 잘도 먹기만 했던
호박 고구마 한 박스
자식들에게 맛난 고메 한 개라도
더 먹여보려는
엄매 울엄매, 그 마음

　　　　　　　　　　—「호박 고메 한 박스」 부분

　오늘날 우리가 인정하는 시작詩作의 긍정적 기능 중 하나
는 작품이 곧 기록으로 변환하여 제1독자인 시인 자신과
거리를 형성하고 이에 따라 자기 자신을 성찰하는 계기로
작용한다는 점이다.
　김학명 시인은 앞에 인용한 첫 번째 작품에서 아버지가
새 옷과 새 운동화를 사주었던 일화를 보여준다. 작품의
제목은 '후회하는 마음'인데 작품의 일화가 제시되지 않고,
즉, '명복호'(이는 한자를 어떻게 쓰느냐에 따라 의미의 극적 변화
가 발생한다)라는 "아버지의 짧은 한마디"가 드러나지 않았
다면 그저 변죽 같은 마음의 변화만을 지칭했겠지만, 일화

를 통해 '후회하는 마음'이 곧 시인 자신의 성찰을 촉발한 계기라는 것을 보여준다. 즉 "내도 아버지처럼/얼릉 타이소 마/했어야 했는데"가 과거를 향한 것이 아니라 이제 그런 순간이 오면 언제든지 비록 대상이 바뀌더라도 그렇게 행동하겠다는 다짐으로 변했음을 드러낸다.

이와 달리 두 번째 작품은 '호박 고메 한 박스'라는 사물을 표제로 내세움으로써 매개적 사물을 통해 심적 상태를 유추하는 경로를 밟는다. 물론 단순하게 보면 아직 어머니가 살아계시기 때문이라 볼 수 있지만 여기서는 오히려 "아, 이리 힘든 걸"이라는 시인의 자기 탄식을 통해 고향에서 지켜가야 할 어떤 '마음', 즉 "울엄매, 그 마음"을 형상화할 수 있었다.

앞에 이미 언급한 것처럼 '고향'은 단순히 지명으로 환원될 수 없는 것처럼, 빈도와 질감의 측면에서 압도적이라 해도 가족 서사만으로 온전하게 형상화될 수도 없다. 우리가 진공 속에서 단독으로 생존해야 하는 실험체가 아니듯 자연과 역사라는 배경은 고향의식 형성의 필수적인 요인이라 할 수 있다.

자귀야
자귀야
신수도 한려해상 국립공원
조선시대 수군들의 둔전

논골 가는 길
큰 소나무 곁에 자귀나무 군락지
해마다 잘려나가는 것은
천덕꾸러기로 취급받는
너 자귀야
꽃이 이리도 예쁜데
잘린 밑동 다시 잎사귀 피워내느라
혼신의 힘 다하지만
내년에 다시 잘려나갈 텐데
소나무도 귀하지만
자귀나무도 귀한 나무인데
귀신같은 모양새도
인간 세상 못 이겨내고
꺾여 누워 잠자는 너
일어나라 자귀야
열매 맺는 가을엔 더 넓게 넓게
날아 날아서
공작새 깃털보다 더 멋진
날개를 펼쳐라.

—「자귀나무」 전문

　시인은 고향 '신수도'의 역사적 위상과 가치에 대해 생각
하기 시작한다. 이번 시집을 통해 유추하자면 그 계기는
역사에 대한 인식의 변화 이기 보다는 눈앞에서 벌어지는

현상에 대한 비판적 사유에서 비롯한 것으로 보인다.

인용 작품에서 알 수 있듯이 '신수도'는 '한려해상 국립공원'에 속해 있고, 옛 "조선 시대 수군들의 둔전"이 있던 곳이다. 거기서 시인은 해마다 잘려나가는 "큰 소나무 곁에 자귀나무 군락지"를 본다. 여기서 시인은 당연한 의문을 갖는다. 왜 소나무는 놔두고 자귀나무만 잘려나가나? 물론 이유는 행정상 소나무가 우선이고 소나무의 생장에 방해가 되는 나무는 다 제거된다는 것이다. 이렇게 해야 할 근거는 더 상위 기관의 지침이거나 경제성일 것이다. 그런 사정을 쉽게 받아들이는 것은 시인의 자세가 아니다. 시인은 최대한의 공존과 효용성 이전의 가치를 생각하는 존재이기 때문이다.

김학명 시인은 본격적으로 고향 '신수도'를 대상으로 한 작품들을 보여준다. 구태여 분류하자면 신수도의 자연과 역사를 주제로 한 것과 풍습과 인물을 주제로 한 것으로 나눠볼 수 있다. 전자의 대표적 작품으로는 「신수도」를 들 수 있는데 이 작품은 "목섬, 학섬, 벙거지섬, 씨앗섬, 장구섬, 솔섬, 아두섬" 같은 부속 무인도의 이름이 나오고, 각주를 통해 "조선 단종부터 성종까지 35년간 수군이 주둔한 곳." 이라는 역사적 사실도 알려 준다. 후자의 대표작으로는 「바닷속 푸른 사슴뿔의 노래」가 있다. 이 작품은 신수도에서 오래 가르침을 펼친 '우보 박남조 선생'을 기억하는 내용으

로 신수도의 인문적 배경을 보여준다. 어쨌든 시인은 고향
의 전모全貌를 담으려는 기획을 숨기지 않는다.

3.

현대적 관점에서 표현이라는 측면을 염두에 두면, 마음이
나 생각이 먼저인지 언어가 우선인지 알 수 없게 된다. 그런
말이 있어 그런 마음이 생기는 것일지도 모른다. 그러나
'고향' 같은 본원어는 마음이나 생각 이전에 선험적으로 가
정되어야만 하고, 어떤 개별 현상이 아니라 존재의 근원으
로 이해되어야 한다.

앞에서 충분하게 언급하지 못했지만 김학명 시인의 이번
시집에서 특이한 점은 또 하나 있다. 시인이 귀향이나 기억과
체험 속에서 건져 올린 고향을 주제로 한 작품이 아니라면,
특히 현상을 비유하는 작품의 경우, 대상이 다 동물로 드러난
다는 것이다. 시인은 꿈과 관련하여 '달팽이'를, 설움과 관련
하여 '새'를, 인내와 관련하여 '거미', 삶의 고단함을 드러내기
위해 '왜가리' 등을 비유적으로 사용하고 있다. 시에서 비유
를 사용하는 이유는 직접 서사와 달리 다양성과 의미의 중층
성이 강화되기 때문이다. 이런 작품들의 발전을 기대해 본다.

황금빛 햇살 눈부시게 일면
샛바람 야물게 불어온
염시개 비렁바위 한 벌판

물고구마 한 짐 머리에 이고
푸른 갱물이 출렁이던
들방에서 들방으로
건너뛰던 날렵한 몸짓
"요참 맹키로 하몬 되는 기라"
어깨 둘러맨 고구마 자루보다
넘실대는 파도가 무서워
망설이고 이리저리 서성거리면
한달음에 옹당가에 갔다놓곤
"저로 똑바리 봄시로 뛰면 되는 기라"
바위틈 푸른 물결은 변함없이 넘실대고
"니는 온제나 내리 올끼고"
전화기 너머 목소리
"담에 올 때는 유모차 한 대 갖고 오이라 마"
알았심다 엄니
골목 어귀 만나는 동네분들 그기 좋것다
내도 한 대 갖다주라 마
갈 때마다 한 대씩
아기 울음 멈춘 지 오래된 곳
된바람 차가운 그 섬에 가면
빈 유모차 끄는 어머니들
소왕가산 너머 또가리 고구마밭은
묵정밭 다 되어가는데.

—「그 섬에 가면」 전문

김학명 시인은 「섬 섬 섬, 그 섬들은」에서 이미 기억과
체험 속의 섬, 즉 근원과 맞닿은 과거의 '섬'을 그리움이나
외로움이라는 감정적 차원이 아니라 자기 성찰의 계기로
바꾸면서 어떤 시적 지향의 차원에서 소구所求할 수 있었다.
　하지만 이제 앞 인용 시처럼 '그 섬에 가면' 무엇이 남았나,
"아기 울음 멈춘 지 오래된 곳/된바람 차가운 그 섬에 가면/
빈 유모차 끄는 어머니들/소왕가산 너머 또가리 고구마밭
은/묵정밭 다 되어가는" 형상만 보인다. 바로 이 지점에
시인의 '기도'의 본 의미가 드러날 수 있을 것이다. 그것은
기도祈禱이면서 기도企圖하는 것이다. 이쯤에서 시인의 시
작이 단순히 기록함을 넘어 함께 노래하고 기도하는 행위로
고향에 거뜬히 착상하기를 바라마지 않는다.